KB093552

유년의 그리움

푸른시인선 027

유년의 그리움

초판 1쇄 인쇄 · 2024년 3월 10일
초판 1쇄 발행 · 2024년 3월 15일

지은이 · 박영욱
펴낸이 · 김화정
펴낸곳 · 푸른생각

편집 · 지순이 | 교정 · 김수란, 노현정
등록 · 1999년 7월 8일 제2-2876호
주소 · 서울시 중구 충무로 29, 아시아미디어타워 502호
대표전화 · 031) 955-9111(2) | 팩시밀리 · 031) 955-9114
이메일 · prun21c@hanmail.net
홈페이지 · http://www.prun21c.com

ⓒ 박영욱, 2024

ISBN 979-11-92149-46-2   03810
값 15,000원

푸른
시인선
027

유년의 그리움

박영욱 시집

푸른

自序

요즘 산길을 걸을 때면 종종

일상에서 잊고 살았을 본래의 내 모습이나

어딘가에 들러붙어 있을 내 기질의 재발견을 꿈꾸게 된다.

평온함과 아늑함으로 착각한

나태함이나 안일함을 유지하려고

호기심이나 마음의 불꽃을 외면하고 싶지 않다.

나에게 더없이 신성한

自然과의 접촉 작업을 이어가고 싶다.

사라져버린 기억의 심층을 파헤쳐

다시 떠올리는 작업일지도 모른다.

2024년 이른 봄

朴 永 旭

| 차례 |

제1부

겨울에게

아기 바람

숲에서 바람이 분다
여봐란 듯이 온통 흔들어대는
덩치 큰 바람이 아니고
작은 가지나 이파리 사이에서 흘러나오는
가냘픈 바람이다

먼저 큰 나무 밑으로 모여들었다가
여럿이 되면 함께 불어오지만
그저 풀잎이나 꽃잎만 살랑대게 하는
아기 바람이다

다가와서 얼굴을 슬며시 문지르고 가는
아기 바람
오래도록 그래주길 바라며
한참 동안 서 있었다.

귀룽나무

추위가 사라지고
따사로운 봄날이 막 시작될 무렵
아직은 지난해 낙엽들만 쌓여 있는 산에

귀룽나무가 이곳저곳에서
연둣빛 이파리들을 내보인다

꽃이 아닌 쑥쑥 돋아나는
보드라운 잎으로 봄을 알려준다

벅찬 기쁨에 저절로 말을 걸게 된다
─귀룽나무야 정말 반가워, 너를 많이 기다렸어
─조만간 흰 꽃들도 피워주겠지, 그때를 또 기다릴게

귀룽나무도 나를 보며
수줍은 듯 조용히 화답해준다
─이런 말을 해도 될까요
─저도 당신을 한참이나 기다렸어요.

파란 하늘

하늘이 어설프게 흐려지더니
이리저리 바람을 몰고 다니다가
수럭수럭 소리까지 내며 비를 뿌린다

그러는가 했더니 순식간에 다시
오연하게 푸른빛을 쫙 깔아놓는다

파란 저 하늘
한구석 가져와 잘 보관해두었다가
뿌옇게 흐린 날이면 꺼내어
튼튼한 나뭇가지 위에 널어두리라.

달개비 꽃

마당에 들어서면
가장 먼저 보게 되는
달개비 꽃

병아리색 꽃술
하늘색 꽃잎

고운 빛깔
가녀린 자태

각시원추리 꽃도
흰 옥잠화도
어느덧 져버렸지만

가을바람
때 아닌 추위에도
개미 같은 끈기로
여전히 피어 있구나

길 잃은 아이처럼
마음이 쓰이는
달개비 꽃.

환상(幻想)

물 냄새 찾아
뜨거운 길 헤매는 낙타처럼

해야 할 일이기나 한 듯
날마다 달아나기만 하는 환상을 쫓는다

언젠가 꼭 만나야 할 사람이 있는 것처럼
설레임 속에 하루하루를 보낸다.

매미 소리

첫 매미 소리 들은 지가
바로 엊그제 같은데

어느 순간 동시에
소리가 딱 멈춰버렸다.

무른 바위 위에 누워

일부러 시간의 더딤을 느껴보고 싶어서
그럴싸한 자리 두어 군데를
나무 우거진 숲속에 마련해두었다

여름비 내리던 날 오후
계곡 바닥의 돌들을
이렇게 저렇게 옮겨서
물살이 느린 시냇물로 만들었다

큰비 내린 후 그곳에 가서
한나절을 한 달이나 보내듯이
흔연한 기분으로 있었다

나무 밑 무른 바위 위에 누워
시리도록 파란 하늘을 올려다보며
마음에서는 시간이 더디 가게
한참 동안 그 흐름을 망각하며 있었다

지난날 추억들이 범람했다

무언가가 마음속 깊은 바닥을 긁어댔고
아아아 하는 내 탄식 소리도 들었던 것 같다

간혹 가까운 새소리도 들렸지만
아주 고요했다

어릴 적, 우연히 들어섰던
뒷마당의 은밀한 고요 같았고
오후에서 저녁으로 기울 때
어김없이 찾아드는 서늘한 고요 같았다

어느덧
해 질 녘 훈흑(曛黑)*의 시간이 다가왔다

시간은 결코 더뎌지거나 멎지를 않나 보다
끊임없이 시간이 뿌려놓는
불가해한 얼룩과 앙금들.

그 속에서

나는 버둥거리며
부석부석 살아가고 있다.

*   훈흑(曛黑) : 해가 져서 어둑어둑함.

입체 영화

바람이 세차게 분다
큰 나무들 밑에 누워
올려다보고 있으니

쏴쏴 소리 내며
일렁거리는 나무들이
쓰러질 듯 흔들린다

파란 하늘을 배경으로
입체 영화를 보는 것 같다.

폭우를 만나다

여름날 오후 혼자서 북한산엘 갔다
파란 하늘엔 구름이 흘러가고 있었다
흰 구름 한번 들이켜고 싶다는 생각을 하며
청수동암문 쪽을 향하여 한유롭게 걷고 있는데
갑자기 검은 구름이 하늘을 덮더니
세찬 폭우가 온 사방에 퍼부었다
산이 쩌렁하며 산소리를 내는 것 같았다
순식간에 세상이 바뀌어버렸다
하늘을 원망해볼 겨를도 없이
사방에서 쏟아져 내려오는 흙탕물을 뒤집어썼다
잔 돌멩이들이 흙과 한데 섞여서 굴렀다
바로 머리 위에서 천둥소리가 요란했다
검은 구름을 가르며 번갯불이 번쩍거렸고
그럴 때마다 하늘이 훤해졌다
'물 끝은 없다는데' 하는 옛말이 머리를 스쳤다
공포는 또 다른 공포가 되어 나를 덮쳤다
어디선가 큰 물체가 튀어나올 것 같았고
한없이 아래로 아래로 떠내려갈 것만 같았다
나무를 양팔로 감아쥐고

두 발을 바위틈으로 들이밀어 버렸다
얼마나 지났을까
언제 그랬냐는 듯 비가 뚝하게 그치고
바람도 잦아들면서 하늘도 벗겨졌다
서둘러서 내려오는데 다른 생각은 없었고
살았구나 하는 안도감뿐이었다.

범속(凡俗)

인생의 베일을 벗기면 과연 무엇이 드러날까
단 한 번의 부활을 믿어야 할 것인가
황폐해져만 가는 인간성의 회복은 가능할까
끊임없이 파도치는 인간의 욕망은 제어가 가능할까
과연 최후의 경련에 대한 두려움을 떨쳐낼 수 있을까

이런 것들로부터 슬며시 빠져나와
유보하거나 아주 제쳐버리고
살아지는 대로 그냥 투닥투닥 살아가고 싶다
감나무 가지 휘듯 꾸부정해져도
평온한 일상을 유지하며 범속(凡俗)에 파묻히고 싶다

그리고 만약 다음 생이 내게 주어진다면
지극히 맑은 품성을 지니고 너끈하게 살아가고 싶다
우리에게 인생은 늘 이렇게 존재하는가 보다.

무례한 도래

물 스미는 신발을 신고 있는 듯
노년의 시간들이 점점 스며든다

그들이 자코메티*의 걸음걸이로
저벅저벅 다가온다

이 본데없이 무례(無禮)한 도래(到來)를
고스란히 받아들여야만 하는 건가

점증하여 밀려오는 공허감 속으로
빠져들어야만 하는 건가

별수 없이 삶의 뒷전으로
물러서야만 하는 건가

그들의 능청스러운 꿍꿍이속을
그저 모르는 척하기만 한다.

* 알베르토 자코메티(Alberto Giacometti, 1901~1966) : 스위스의
  조각가. 〈걸어가는 사람〉〈손가락으로 가리키는 남자〉 등.

아! 할보르센

내키지 않는 만남 뒤에는
으레 자질구레한 잔재들이 뒤따르고
그 켯속은 그저 너절함뿐이다

심상 저 너머에 있는
밤톨만 한 소망마저도
다가가려 하면
문칫문칫 물러나버린다

숭고하지만 신산(辛酸)한 삶.
가끔씩 영혼에 상처를 입는다

그럴 때면,
나도 모르게 음악 속으로 들어간다
헨델과의 향긋한 조우
할보르센*이 〈파사칼리아〉를 들고 곁에 서 있다

도입부터 거세게 몸부림치는 현의 흐느낌
온몸이 달아오른다

혈관 속을 흐르는 선율
불에 스치는 듯한 전율
속가슴 휘젓는 흥분
누구를 향하는지 모르는 연민
두 눈이 뜨거워진다

혼곤하고 메마른 내 삶은
어느새 물기 차오르고
풍향이 달라지면서
넘치는 친밀감으로
흥건하게 적셔진다

풀밭에는 메뚜기들 후둑거리고
둥그런 숲에는 잔물결 소리 퍼진다
산목련 활짝 펼쳐 있는 생의 발랄함
그 안에서 나를 발견한다.

* 할보르센 (Johan Halvorsen, 1864~1935) : 노르웨이의 작곡가. 헨
  델의 모음곡 HWV 432 중 〈파사칼리아〉를 편곡함.

겨울에게

올해가 내가 보내게 될 마지막 해라면 하는 생각을 해보
았다
겨울이 불쑥 떠올랐다
몇몇 사무친 얼굴들이 떠오르며 가슴에 박힐 줄 알았는데
뜻밖에 겨울이 내 앞에 턱 나타났다

잔뜩 황홀해져서 바라보게 되는 봄날의 꽃들은
다시 못 보게 될 안타까움이 먼저라 시리도록 서운했고
여름날의 뜨거움은 무조건 존경스러웠다
장하게 빗줄기가 퍼부을 때면
천지 분간도 못 할 정도로 흥분이 되어
단숨에 산으로 들어가 계곡을 끌어안았다
늘 가슴을 후비고 무정하게 가버리는 가을
품어서 품는 것이 아니라 저절로 품어지는
어쩔 수 없는 가을의 우수
서늘하고 진한 그 정취가 여운이 되어 잔상으로 남지만
가을은 번번이 친해지려 하면 저 멀리 사라져버렸다

겨울,

아! 겨울이라니…

언제나 빨리 가버리라고 구박만 했던 겨울이라니.

겨울과는 늘 무언가 모를 간격이 느껴졌고

어쩐지 내게 낯설기만 했었다

봄에 대한 기다림이 지나쳤던 탓일까

왜 그랬을까

마음에 없는 손님 치르듯

겨울에겐 늘 소홀한 대접이었지만

겨울은 내게 한결같이 대해주었고

긴 세월 동안 변함없이 그렇게 와주었다

무심한 가을이 지나가고

들이밀 듯, 추위와 함께 거칠게 다가오더라도

이젠 깍듯하게 겨울을 맞이하리라.

가여운 별

남 앞에 나서길 좋아하는
힘세고 욕심 많은 별이
다른 별들보다 먼저
자신을 내보이고 싶어서

여러 별들을 밀쳐내버리고
덜 춥고 아늑한 좋은 자리를
재빠르게 차지하고선
한껏 으스대며 빤짝대고 있다

밤하늘에 어둠이 짙어지면서
별들이 다투어 나타났지만
힘이 없는 별은 추위에 떨다가
외진 곳에서 사그라져버린다

가여운 별을 찾아 나서서
요 밑에 두었던
따끈한 밥 한 그릇 먹여주고 싶다.

발레리나

불꽃 안고 벌판을 달리다가
호수가 펼쳐지면 호수 위에서
어둠이 찾아들면 달빛 아래서
경탄과 경이를 발끝으로 뿌린다

아침이슬 영롱한 순백의 꽃봉오리 같구나
환상의 섬에서 날아온 새들 같구나

한 덩어리 무리 되어 일어날 줄 모르더니
순식간에 안개처럼 푸르르 흩어진다

솟았다가
궁구르다
팽이처럼 돌고…
뭇사람들과 전혀 다른 신비로운 몸놀림

아지랑이 뭉글대는 동산
꿈꾸는 듯 몽유하는 요정들

나는 황홀함 속으로 홀린 듯 이끌리어
흰 구름처럼 앉아 있었다.

비와 흙

복중에 끼어 있어서 그런지
입추 날인데도 아침부터
증기를 잔뜩 품은 것 같은
무더위가 여전하다

이내 잔비가 질금거리더니
산에 올라오고 난 오후에는
제대로 찬비가 몰려온다

미지의 어느 지점에서 낙하하는
마디 없이 쪽 곧은 빗줄기들이
이곳저곳 흙바닥을 세차게 내려친다
무더위에 흙들이 근질거렸을 거라 여겼는지
찬 빗물을 흡족하게 뿌려준다

큰 바람까지 몰고 왔다면
흙들은 얼마나 더 좋아했을까

바닥은 어느새 흥건해졌다
사방으로 흙물이 튄다.

어둠의 강

낮의 활력을 흘려보낸 어둠의 강이 조용히 흐르고 있다
무심히 흐르다가 서로 부딪치며
흰 물살로 솟았다가 부서지면서 이내 검실검실 멀어져
간다

강바람이 얼굴에 닿아진다
어둠의 강이 품고 있는
여러 생명체들의 웅얼거림이 들려오는 것 같다
물결이 만들어내는 차가운 음향도 스치며 지나간다

밤하늘을 올려다본다
별들이 보이질 않는다
어릴 적엔 으레 보이던 사라진 별들이 그립다
지금, 무척이나 그립다
나이가 들수록 그리운 것들이 많아지나 보다

걷는다
정한 곳 없이 걷는다

동글동글한 잔돌들이 밟힌다

별이 없는 강가
뿌연 달이 나를 따라와준다
조금조금한 추억들이 떠올랐다 분산된다.

제 2 부

작별 인사는 우리 하지 말아요

태양

모든 걸 태울 수 있는 거대한 불덩어리
테두리가 없는 것 같은 무한의 형상을 띠며
항상 움직이지만 절대로 소리 내지 않고
고독하고 얌전하게 홀로 다닌다

흉한 세상 모습 보고 싶지 않을 땐
슬쩍 사라지기도 하고
오래도록 구름 뒤에 숨어 있기도 하지만
외롭고 쓸쓸한 빈자(貧者)들에게는
잊지 않고 나타나 자비를 뿌려준다

바닷속 같은 깊은 밤 보낸 후엔
언제 그랬냐는 듯
싱그러운 아침과 함께
솟구치는 활력을 선사해준다.

행진

개미들이 더듬이를 곧추세우고
부산하게 움직이고 있다

제법 굵고 큰 대장 개미가 앞에서
진두지휘를 하고
어린 개미들은 그 뒤를 부지런히 따르고 있다

그런데, 어떤 개미는 마음만 바쁜지
갈팡질팡하다가 끝내 방향을 잃어
대열에서 이탈하고

어떤 개미는 몸이 성치 않은지
몸을 움츠리며 풀잎 밑으로 들어가버린다

대장 개미가 잠시 파악을 하는 듯 멈칫하더니
다시 앞으로 나선다

비가 오면 빗물에 쓸려서
뿔뿔이 흩어지게 될까 봐

개미들이 은신처를 향하여 줄기차게 행진한다
그들의 비장한 눈과 솟은 더듬이가 대견스럽다

내 앞의 시간

아직은, 내게 어김없이 다가오고 있는 시간들
도처에서 시간이 우쭐대며 활보한다

푸른 산 어딘가에서
바람난 새처럼 촐싹대며 왔다가
실심한 사람처럼 조용히 사라져버린다

하이데거는 관념으로
스티븐 호킹은 물리의 공식으로
그 기원과 흔적을 찾으려 했었지만
시간은 여전히 자신의 정체를 내보이지 않고 있다
지금 당장 파삭 깨뜨려 실체를 알아내고 싶다

언젠가, 내게 분 초만을 남겨놓겠지…
아! 이 시점에서 무얼 어떻게 해야 하나
지레 나자빠지는 체념인가
겸허하게 받아내는 포용인가

시간들이 내게서 휘적휘적 자꾸 멀어져만 간다

허무가 나를 어디 으슥한 데로 끌고 간다

다가올 슬픈 어느 날이 그려지니 가슴이 아릿해진다.

연민

가을 하늘이 몇 군데 긁혀 있다
까마귀들이 재미 삼아
그래놓았나 보다

궤양병 환자 낯빛 같은 낙엽들은
될 대로 되라는 듯 동댕이치며
흙바닥 위에서 구른다

날렵한 고양이 한 마리가
빠르게 그 위를 가로지른다
나도 냅다 그놈을 따라서 뛴다

정신없이 달리다 문득,
하늘의 생채기는
언제나 아물게 될까 하는 생각이 들어
멈춰 서서 한참을 올려다보았다.

추억

자꾸자꾸
곁으로
다가오기도 하고

지워지듯
멀리
사라지기도 한다.

애상(哀傷)

늦은 가을날이었지요
여느 밤하늘의 달빛과 같았지만
달빛이 그렇게 슬프게 보일 수 있다는 걸
그날 처음 안 것 같았어요

향긋한 밤의 속삭임
길게 느껴진 짧은 시간이었어요
꿈같은 시간들이었습니다

운명 비슷한 것에 이끌려서
먼 행성에 가 있는 줄 알았는데
이별의 날이 왜 그리 빨리 찾아온 걸까요
헤어질 땐
어떻게 해야 하는 건지 도무지 몰랐어요
무슨 말인가를 해야만 했었나요

뭉클했던 시간들이 조수처럼 밀려와서
온몸으로 스미고
슬픔은 안개 되어 낮게 깔립니다

아! 당신은 이미 오래전
아주 먼 어느 곳으로 떠나갔습니다
지금도 떠올리면 가슴이 미어져옵니다
왜 그렇게 서둘러 가셨나요

하지만,
여전히 당신은 제 가슴속에 살아 있습니다
처음부터 그랬으니까요.

낙타

허공에 붕 떠 있는 듯한 미지근한 나날들
요즈음, 시간 보내는 맛이 제대로 나질 않는다
딱히 마음 붙일 곳은 없고
물큰한 인정 풍속만이 그리워진다

시장통 찰진 수수부꾸미가 떠올라
무턱대고 길을 나섰다
파란 하늘에는 여전히 힘찬 자신감이 보인다
첫 추위도 비치기 시작한다

독립문에서부터
마주 오는 익명의 타인들 앞이마를 보면서 걸었다

정처 없는 시선의 중년 남자
웅숭깊게 들어앉은 눈의 외국 여인
고개까지 젖히며 흥얼거리는 젊은이

물 찾아 먼 길 다니는 사막의 낙타처럼
쉬지 않고 걷다 보니 광장시장

돌아올 땐 반대로 앞사람들 등만 보고 걷다가
내가 사는 동네도 지나쳐버렸다

되돌아서 집까지는 무얼 보며 걸을까
무슨 생각 속에 걷게 될까

내일은 또 어디를 걸어볼까.

표류(漂流)

'솔직히 말해서'라고 말하기를 좋아하던 친구가 떠났다
'솔직히 말해서, 나는 백 살을 넘기고 싶다'는 말을
자주 하던 이가 어느 날 획 하고 가버리니
무척이나 허망하다

삶이 휘어지는 어떤 지점에서
의식의 끝을 붙잡고 무슨 생각을 했을까
삶과 죽음의 실체가 잠시 길항(拮抗)하다가
한 덩어리로 합쳐지는 타협을 이루려 했을까

불현듯, 살아야겠다는 생각이 섬광처럼 스치면서
히스기야처럼 15년은 말고, 15일만이라도
살게 해달라고 신께 간구했을까

공감의 진동은
최후의 순간에 인간을 피해 가는 것 같다
말과 뜻이 도달할 수 없는 곳이 참으로 많은가 보다

친구는 떠나갔고

나는 여전히 기항지 찾아 표류하는 밤바다의 배처럼

검푸른 어둠 속에서 헤매고 있다

굵은 소낙비가 내 마음의 지붕 위를 때린다.

서양등골나물

여느 꽃들처럼
세상에서 주목을 한번 받아보고 싶었던 걸까
길가든 옹색한 땅이든 아무 곳에서나 잘도 자란다
궁벽한 바위 틈새에서도 어김없이 흰 꽃을 피워낸다

땅 거죽을 벗겨낼 듯한 강렬한 햇볕도
흙바닥을 때리는 폭우의 몰아침도
뱃사람이 억센 팔로 노를 저어나가듯
꿋꿋하게 견디며 커가는데

언젠가부터 생태교란식물의 하나로 알려지면서
눈에 띄면 쭉쭉 뽑아버리는 사람들이 생겨났다
그들은 악의 근원을 제거하는 전사인 양
걸핏하면 나타나서 우쭐대고 뽑아댔다
그들에게 꽤나 많이 뽑혔다

덤벼들던 사람들의 극성이 주춤해지니
그제야, 가을을 누비는 풀벌레 소리 들으며
전처럼 안정적인 질서 속에서

무난히 자랄 수 있게 되었다

그래도, 무리 지어 하얗게 꽃이 피어 있는
서양등골나물밭을 지날 때면
장례의 구슬픈 곡조가 들리는 것 같아
나도 모르게 흠칫해진다.

작별 인사는 우리 하지 말아요

작별 인사는 우리 하지 말아요
그런 인사 할 줄 몰라요
차가운 물 갈라지듯
순리인 양 헤어져요

작별 인사는 우리 하지 말아요
근사한 작별 인사가 있을까요
어쩔 수 없는 엉거주춤
그냥 그렇게 헤어져요

작별 인사는 우리 하지 말아요
그래도 굳이 해야만 한다면
차오르는 슬픔 누르며
풀잎처럼 부드럽게 말해요.

신(神)

신은 우리가
반듯하게 살기보다는

회색 하늘 밑에서
저미는 슬픔 안고
허우적대며 살아가면서

끊임없이 자기를 찾고
매달리기를 원할지도 모른다.

젖은 산

그렇잖아도,
요 며칠 산이 궁금했는데

비 온 후 젖은 산이
내 마음을 끌어당겨서
두꺼비 봄비 만난 듯 들뜬 채로
휘하니 산으로 향했다

낮 비 지나간 뒤라 그런가
하늘도 팽팽해진 것 같다

발바닥에 와닿는 따뜻한 차가움
돌멩이가 주는 친근감
온 군데 퍼져 있는 달착지근한 산 냄새
잇따른 어쩔 수 없는 뼈근거림

옷자락엔 산 바람이 묻어나고
영혼의 빈자리엔 산 내음이 채워진다
산이 만들어내는 어떤 막(膜)에

내가 둘러싸이는 것 같다

능선이 풀어지면서
먼 연봉(連峰)들이 가까이 다가온다
초가을 햇살이 널따란 바위 위로 내려앉는다.

인생

생애의 첫 들숨으로 세상에 나와
평생토록 입을 놀리며 유희하다가
힘에 부친 말 몇 마디 던져놓고는
마침내 마지막 날숨과 함께
길고 긴 침묵 속으로 들어간다.

확고한 행복

새빨간 칸나의 화려한 자태를 보면
야릇하고 황홀한 환희가 찾아든다

환희는 곧 자유자재로 번지면서
행복이 마음에 넘치도록 쌓인다

생명력이 분수처럼 솟아오르는 행복이다
추켜세워 말할 필요가 없는 확고한 행복이다.

저녁 바람에는 그리움이 묻어 있다

장독대 옆에서 까마중 따먹으며
땅강아지와 밀어내기 하면서 놀았고
언덕 너머 풀밭에선 하얀 풀뿌리 씹으며
메뚜기와 잠자리들 따라 뛰어 놀았다

심심할 땐 곧잘 우물가로 가서
넘어갈 듯 고개 숙여 우물 안을 들여다보곤 했다
우물 안에는 흰 구름이 떠다녔고
우물 주변엔
노란 수세미꽃이 예쁘게 피어 있었다

말간 햇살과 맑은 공기에 취한 새들처럼
그 시절엔 덮어놓고 집 밖으로 나와
온종일 자연 속에서 지낸 것 같다

언제나 평화의 강물이 내 곁에서 흘렀고
기쁨의 물결은 쉼 없이 넘실거렸다

도회지 새가 모처럼

녹음의 숲으로 날아들 때 맛보는 기쁨도

이만하지는 않았으리라

조용히 바람이 불어온다

저녁 바람에는 그리움이 묻어 있다.

석양

해 질 녘 태양빛이
볼품없이 스러지면서
데데한 노을을
건성건성 흘려놓았다

이래가지고서야
석양이 어떻다고
말할 수 있겠는가

커다란 뜰채라도
가지고 올라가
걷어내버리고 싶다.

나무의 마음

막무가내로 들러붙는 칡의 등쌀에
억센 아카시아도 배겨내질 못한다
뾰족뾰족 무수한 가시도 칡에겐 무용지물

다행스럽게 칡과는 간격이 있어서
마음껏 자라는 나무들이 있지만
가여운 아카시아를 곁에서 바라보고 있는
그들의 속마음은 어떨까.

제 3 부

유년의 그리움

시상(詩想)

은갈치 떼 튀듯
반짝대다가도

자벌레 움츠리듯
푹 꺼져버리고

팔랑개비 돌듯
뱅뱅 돌다가도

줄 끊긴 연이 되어
날아가버린다.

산봉우리

'산길을 걷고 있구나' 생각이 들면
어느새 봉우리 밑이다
뜨거운 시골길 같은 달궈진 긴 바위 지나고
가파른 언덕에 올라서면 봉우리에 다다른다
파브르*가 자주 오르내리던 방투산 언덕이 이랬을까

그림자 길게 늘어뜨려진 바위에 앉아 있으면
유한한 인생의 엄혹한 차가움은 사라지고
푸근한 산기운에 둘러싸여 아늑해진다
'지금 내게 행복이 일렁이고 있네'라는 생각도 든다
환희의 자장(磁場)이 잠시 움찔거리는 것 같다

쇠딱따구리는 긴 나무줄기 부여잡고
구멍을 파느라 연신 쪼아대고
덩치 큰 까마귀 몇 마리
결절된 소리 내지르며 날아간다
그 파문이 숲속 멀리 흩어진다

봉우리 위로 구름 한 덩이 얹히는가 싶더니

이내 스름스름 멀어져간다

숲은 어느덧 가을 속으로 달려가고 있다.

* 파브르(Jean Henri Fabre, 1823~1915) : 프랑스의 곤충학자. 『곤
  충기』의 저자.

운동회 날

가재는 늘 돌 밑에서
숨어만 있는 줄 알았는데

큰 비 온 후
운동회 날인지

여러 마리가 물 가운데서
신나게 놀고 있다.

산에서는

산에서는
올려다보이는 큰 바위든
묘하게 뻗은 나뭇가지든
잠시 쉬는 새든

아무 곳이건
시선을 두고 바라보고 있으면
더위에 오이 자라듯
내 안에서 기쁨이 자란다.

허무

별들이 일제히 쏟아져내린다
두툼한 산들도 여지없이 무너진다

사나운 바람은 벌판을 휩쓸고
요란한 물결은 절벽을 때린다

있었던 사랑마저 바닥이 패이고
신념이나 믿음도 뿌리째 뽑힌다

매캐한 허무의 냄새가 멀리 퍼지고
세상의 모든 것이 그 속에 잠긴다.

권태

(세상의 흔한 말로 당신에게 뭘 좀 물어볼 테니
간단하게 답해주십시오.)

당신의 정치적 성향은 어떻습니까?
작금의 세계적인 추세인 것 같은데,
자유민주주의의 가치가 점점 훼손되어가는 것이 안타깝
습니다.

종교적인 성향은요?
기독교도 불교도 아닌 범신론자입니다.

여가 시간이 생기면 무얼 하십니까?
누구에게나 모든 시간은 여가 시간인 셈이지요
저도 이것저것 하며 하루하루를 보냅니다.
제가 굳이 보내려 하지 않아도 하루는 꼭 가고야 말지요.
아참, 고칠 말이 있네요. 범신론자? 무신론자 정도로 하
겠습니다.
그건 그렇다 치고,

마음에 와닿았던 문학작품과 영화를 소개한다면?

네, 스타인벡의 『분노의 포도』와 영화 〈길〉은 떠올리는
순간 지금도 금세 뭉클해집니다.

음악은요?

네 곡만 말씀드릴게요.

바흐의 〈무반주 첼로 협주곡〉과 쿠세비츠키의 〈더블베
이스 협주곡〉,

로이 클락의 〈Yesterday When I Was Young〉과 제니스 조
플린의 〈Kozmic Blues〉입니다.

그렇군요.

혹시, 젊은 날 실연의 아픔을 경험했습니까?

그건 말씀드리고 싶지 않습니다.

좌우명이랄까, 평소에 마음에 담아두고 있는 말이 있을
까요?

네, 저도 누구나처럼 있지요.

서양의 'Simple pleasures are life's treasures'라는 말과

동양의 '行不由徑(행불유경)'이에요.

예, 가벼운 질문에 툭툭 응해주셔서 감사했습니다.

(그런데, 이렇게 시답잖은 자문자답 같은 걸 왜 했나요?
아! 삶이 권태로워서 그래봤어요.)

상실

죽음보다 더
참혹한 상실이 있을 수 있을까

내 안에 있던 모든 것
나의 밖에 있던 모든 것
유보(留保)는 모르는 채
송두리째 사라져버린다

추억, 환희, 분노, 비밀…
달빛, 소나무, 빗줄기, 벌판…
모든 것은 사라진다

삶이란
상실 앞으로 떠밀려 내려가는
한바탕 출렁임이다.

산비둘기와 나

잦은 비 때문일까
여윈 산비둘기 한 마리
놀이터 마당에 날아왔다

텅 빈 놀이터
단풍나무 아래
비둘기와 나만 있게 되었다

비둘기와 친해지고 싶은 마음에
조용히 다가갔다

－비둘기야,
－나랑 놀자,

입을 오므렸다 폈다 한두 번
눈을 돌돌 굴리더니

산으로 날아가버렸다.

딸

언제나 마음으로
권권(眷眷)*하기만 하던 네가
어느덧 마흔이 되었구나

가까운 동네에 살고 있어서
늘 친밀한 교감을 나누지만
어떨 땐
봄날의 언덕 아득한 저편에 있는 듯한 느낌도 든다

우린 그저 부녀지간이라는
모노이미지(mono-image)로 무심히 살아왔지만
혈육의 진한 정으로 함께해온
꿈같은 사십 년의 세월이었다

그러다가 나는 어느 결에
서쪽 하늘 밑 노을을 바라보다가도
가슴 철렁 내려앉을 때가 있는
노년으로 접어들게 되었다

네가 어릴 때였어.
호주의 스트라드브로크섬(Stradbroke Island).

시간의 흐름이 멈춰진 것 같은
끝없이 펼쳐진 아침 백사장을
하늘이 뿌려주는 찬란한 햇살 받으며
엄마와 함께 셋이서 걷고 또 걸었지
멀리서 마주 오던 노부부가 선사한 미소와 함께
가끔씩 그날의 바다 풍경이 떠오른다
네가 고등학생이던 겨울 어느 날
함박눈이 하얗게 쌓인 북한산을 함께 오르다가
갑자기 떠오른 약속 시간에 늦을 것 같다고 해서
우리는 푹푹 빠지는 눈 비탈길을 뒹굴듯이 내려왔지
지금도 눈 내리는 겨울날이면 그때가 생각난다

되돌아보면
순간순간들이 햇빛의 포말처럼 부서져 흩어지지만
우리에겐 너무나도 소중한
깊고 긴 추억이 되었구나

자꾸 떠오르는 그 추억들에
얼굴을 묻혀보고
마음을 대어보고
향기를 맡아본다

가슴이 뭉클해져온다.

* 권권(眷眷) : 가엾게 여겨 늘 생각하는 모양

두부 장수 할아버지

매일 저녁 뿌연 수증기 날리며
동네를 돌던 두부 장수 할아버지

딸랑딸랑 종소리 들리면
우리들은 정겨운 그 소리에
줄지어 따라다녔다

턱밑 수염 만지며
자주 웃으셨지만

그분 어깨엔
늘 추운 겨울이 걸려 있었다

지금도 가끔
종소리가 그립고
그분 잔등이 그리워진다.

약국집 아이

대여섯 살 무렵일 거다
늘 연실을 놓친 아이처럼 울적하고 공허했다
왜 그랬는지 모르겠지만 또래들과 어울리질 않고
동네를 주로 혼자 다녔다
앞산과 우물가를 자주 갔다

마음속으론 누군가가 다가와주길 바라고 있었다
골목에 아이들이 안 보일 땐 쓸쓸했다

어느 날 새로 이사 온 여자아이를 알게 되었다
눈이 참 예쁘고 마음도 곱고
또 달리기를 무척 잘하는 아이였다

약국집 딸이라 그런지 어쩌다 내가 다치면
빨간약을 금세 가지고 나와서 호호 불며
어른들처럼 치료해주었다

나는 그 애가 '원기소'를 자주 먹을 수 있을 것 같아서
무척이나 부러웠다

그렇지만 달라는 말은 끝내 못했다

아카시아 꽃이 필 때면
그 아이에게 잔뜩 따줄 거라 마음먹었다
그리고
꽃향기 맡으며 한 동네에서 그 애와 오래도록
함께 살 수 있게 되기만을 바랐다.

붉은 노을

어릴 적 석양 무렵
세브란스병원 쪽으로 보이는 붉은 노을은
아픔과 관계된다는 생각이 들어 무서웠다

노을을 보게 되면
느슨하게 입은 옷 사이로
찬바람이 들어오는 것 같았다

요즈음도 작은 방 창가에서
자주 석양의 노을을 보게 된다

읽다 만 책 다시 잡은 듯
무덤덤한 느낌일 때도 있지만
가끔은 어릴 때 추억
아련한 그 울림 속에서
마음이 차분하게 가라앉는다

여인의 치마폭 같기도 한 붉은 노을
붉은 노을을 바라보면

무언가 알 수 없는
잔잔한 마음의 파문이 생겨난다

멀지 않게 보이던 발그레한 저녁노을이
누군가가 얼른 지운 듯 사라져버렸다.

햇빛의 광채가 숨어 있으리라

마감이 엄존하는 인생
그 엄청난 신랄함이
젊은 날엔 실감되지 않았다

허무 위에 또 쌓이는 허무의 단층들이
그 시절엔 보이질 않았다
우격다짐으로 보려 하지 않았다

검은 구름 뒤에 웅크리고 있는
무서운 폭우의 실체를
상상조차 하지 못했다

살아간다는 것은
시지푸스의 노동처럼
끊임없는 지상에서의 시련.

남은 시간 동안 삶 속에서
과연 무슨 의미를 찾을 것인가
멀거니 기다리기만 할 것인가

그저 한입 다물고
적막 속에 묻혀 지내야 할 것인가

저기,
지는 노을빛 속에는 분명
햇빛의 광채가 숨어 있으리라.

탄생

숲에 들어오면
자석에 쇠붙이가 끌리듯
내 정서에 환희의 감각들이 들러붙는다

나무 꼭대기 틈새로 쏟아져내리는
강렬한 빛살들의 가차없는 하강(下降)
그 속에 담긴 환희의 절정

그걸 그대로 받아내어 글로 옮기고 싶다
찬찬하게 생각해가며 쓰는 글이 아니고
후닥닥 덤벼들어 탄생시키는 글이고 싶다.

초롱꽃

산봉우리 너머에서 몰려오는
짙은 회색 구름이 하늘을 덮는다

바람이 쉬쉬 소리를 낸다
나무들이 춤추듯 흔들린다
〈대양〉*의 선율 같은 긴박한 흐름이
사방에 철벅철벅 깔린다

굵은 빗방울이 툭툭 흙바닥에 튄다
바위 위로 떨어지는 빗방울은 더욱 세게 튄다

나무 아래 초롱꽃들은 줄기마다 대롱대롱,
빗줄기에 부딪치며 휘적휘적 몸부림친다

가여운 연노랑 초롱꽃들을
뒤에 남겨두고 떠나기가 쉽지 않았다.

* 〈대양(Ocean)〉 : 쇼팽(Chopin)의 Etude op.25 no.12.

유난한 산책

불현듯 산의 모든 것이 왈칵하고 사무쳐서
뛰듯이 집을 나와 산으로 향했다
검은 숲 이곳저곳을 허둥대며 돌아다녔다

눈을 크게 뜨고 호흡도 크게 하며 헤치고 다녔다
희미한 달빛 아래지만
주위를 휙휙 날아다니는 '자유'가 눈에 턱턱 들어왔다
나무 사이사이로 흐르는 '자유'를 게걸스럽게 마셔댔다

고만고만한 근심거리를 한꺼번에 산에 다 팽개쳤다
산은 군말 없이 받아주는 것 같았다
유난한 산책이었다.

유년의 그리움

유년의 그리움은
서걱거릴 때마다 한 움큼씩 덜어내거나
주저앉히고 싶은 그런 것이 아니다

스르륵 스며드는 비감(悲感)으로
아른대는 미련에 젖게 되는 그런 것도 아니다

유년의 그리움은
쓸쓸해지거나 갈수록 멀어지지 않고
꺼내보면 볼수록 다가오는 그런 것이다

자욱했다가 이내 사라져버리는 새벽안개 같지 않고
언제나 깊은 품 안에 간직되는 그런 것이다

유년의 그리움은
가슴에 살가움이 얹혀지고
사르륵 온기가 퍼져서
마음껏 그리워하는 것이 더 나을 것 같은 그런 것이다.

제 4 부

목포(木浦)

신나는 고독

가끔은,
고독하고 평온한 생활이 주는
오롯한 즐거움이 좋아서
시척지근한 세상 냄새 멀리하고
은둔자처럼 조용히 계절을 보낸다

산책을 안 하면 하루를 잘못 보내는 것 같아
초록의 숲길을 신이 나서 돌아다닌다

생명의 기운들이
도처에서 움찔거리는 싱그러운 아침
뿜어내는 활력이 장엄한 큰 규모의 낮
멈칫거리는 공허가 부유하는 해 질 녘
고요 속에 따뜻함이 배어 있는 밤

은밀하고 현란했던 여름과의 접촉들이
찬비 몇 번에 사라진 줄 알았는데
여전히 뜨거움으로 가슴에 남아 있다

가을이 더듬이를 쏘옥 내민다.

마음을 내다

사람도 막 이사 온 동네가 눈에 설듯
며칠 전부터 못 보던 개가
주변 파악을 하는 건지
동네 이곳저곳 빙빙 돌아다닌다
그런가 보다 했는데
자주 보게 되니 친근감이 들었다

등 아래쪽에 헌데가 나 있고
어딘지 남루해 보이는 누런 중개다
개나 고양이에게 접근하는 법을 몰라서
그냥 쯧쯧거리며 호감을 표시해보았다

뜻밖의 반응이 왔다
잠깐 스치는 교감의 언덕을 넘어
나를 전부터 알고 있었다는 듯
꼬리 흔들며 시적시적 다가오지 않는가

얼른 마음을 내어 만져주었다
턱밑이 따뜻했다
더디지만 내게도 따스함이 전달되어 왔다.

그들은 우리에게

지드의 도덕
톨스토이의 심연
헤세의 성찰
그리고
헤밍웨이의 무상

그들은 우리에게서
영혼의 빈틈을 어떻게 보았을까
강박의 공허를 어떻게 알아냈을까
관능의 야합을 어떻게 감지했을까

그들은 우리에게
슬그머니
이런 선물을 주고 갔다

조간신문 던져놓듯
휙 던져놓고 그들은 가버렸다.

봄은 위대하다

겨울의 창백하고 우울한 색채는 빠져나가고
흙에도 나무에도 물기가 번져서
제 색을 드러내기 시작한다

땅의 기운이 벌렁거리고
대기의 싱그러움이 넘실댄다
만물이 제 흥에 겨워 움찔대는
봄이 온 것이다

조락의 가을에서부터 냉엄한 불모의 겨울까지
모진 서리와 매운 추위를
턱 하고 버텨낸 후
봄은 어김없이 따스함과 향기를 안고
우리 곁으로 왔다

햇볕은 어느새 부드러워졌고
초목들도 저마다 파릇한 생기를 뿜어낸다

혹독한 겨울을 끄떡없이 견뎌낸 강인한 봄.

전혀 내색 않고 제자리에 잠시 머물러 있다가
여름의 풍요를 우리에게 건네주고는
조용히 물러난다.

도망자

세월의 날카로운 이빨이
너무나 무서워
전전긍긍 어쩔 줄 모르다가
어둠의 숲속으로 도주했다

흘러내리는 차가운 달빛에
찔릴 것 같고
무겁고 위엄 있는 밤의 정적에
질식할 것 같아서
허둥거리며 온 산을 헤맸다

깊숙한 숲으로 숨어들어보았지만
그곳도 세월의 공포에서 벗어날 수 있는
안전지대는 아니었다.

그녀

가을 햇살 내리쬐는
따끈한 바위 끝에서
두 다리 아래로 늘어뜨리고
한참이나 앉아 있기를 좋아했었지

그리곤, 언제나 나를 바라보며
－따뜻해서 참 좋아!
자기처럼 해보라고 웃으면서 말했지.

미망의 울타리

가까운 이에게서 뿜어져 나오는 진한 친밀감
묵직한 여운을 남기고 사라지는 더블베이스 선율
책장을 넘기기가 아까운 명징(明澄)한 글귀들

깊은 숲 바위틈에서 솟아 나오는 차가운 샘물
목젖을 비벼대는 산새들의 절묘한 울음소리
얼굴에 살며시 닿아지는 달콤한 산바람

이 모든 것에서 뭉클한 감흥을 얻거나
짜릿한 희열을 맛보지만

함께 묻어온 행복이나 평화가
너무 쉽게 증발하거나 오그라들면서
가슴 바닥에는
공허함과 무력감만이 남기도 한다

찰나의 시간 속에도 웅크리고 있는
실체를 알 수 없는 사념(思念)의 덩어리들
무뎌져가는 경이로움에 대한 감각들

쉽사리 사라지지 않는 지난날의 회한들
다가올 어느 날에 대한 피할 수 없는 두려움

미망의 울타리 속에 내가 갇힌다.

기대감

한 글자 한 줄마다
감흥을 던져주는 책을 보거나

제멋대로 너울너울 춤을 추는
거친 번역의 소설을 읽더라도

붙들고 다 읽었을 때 맛보는 뿌듯함보다
얼마 남지 않은 페이지 수 셀 때의
가슴 떨리는 기대감이 훨씬 짜릿하다.

우물

낮인데 밤이 들어 있어요
어둡고 조용한 밤이에요

작은 소리로 말해도
크게 들리는 밤이지요

땅인데 물이 고여 있어요
구름과 나무가 있는 물이에요

예쁜 돌멩이들이 있고요
하늘만 올려다보는
개구리도 살고 있답니다.

근심

노동에 시달리면
손에 물집이 생기듯

근심에 시달리면
가슴에 구멍이 생긴다.

목포(木浦)

왜 나무 목(木) 자를 썼는지 알 것 같다

운동장만 한 작은 무인(無人)의 섬들이나
동네 야산 같은 낮은 산에도
송곳 꽂을 틈조차 없이 초록의 나무들로 빽빽하다

산을 지나는 섬
섬을 지나는 산

눈앞에 펼쳐지는 초록의 산과 무수한 섬들
흙빛이 보이지 않는 온통 초록뿐인 산과 섬들
하늘을 향해 마음껏 뻗어나가는 나무 가지들

태양 아래 섬에도
구름 얹힌 산에도
초록의 생기가 흘러넘친다
반짝이는 침엽은 또 얼마나 아름다운가

왜 나무 목(木) 자를 썼는지 알 것 같다.

아름다운 절규

내게 힘들었던 한때가 있었다
그 시절 나는 '허무'에 나자빠져
삶의 바닥에서 허우적거리고 있었다
허무가 바로 인생 궁극의 실체라고
쉽게 나를 수락했었다

날마다 찬란한 낮도 깊은 밤인 양
허방을 짚으며 몽환 속에 비틀거렸고
현실 세계에 매력을 못 느껴서
스스로 멀리하도록 무척이나 애썼다

허구한 날을 그저 구름 위로 다녔고
마냥 흘러가는 시간 속에서
갈피를 놓은 채 신음하고 있었다
삶 자체를 열어가야 할 존엄한 의무가 인간에게 있다면
그 시절 나는 그것과 한참이나 동떨어져 있었다

멀쩡한 일상에도 나를 제한하는 틀이 있다 여기고
줄기차게 무한의 자유만을 갈구하며

앞을 내다보거나 챙겨야 할 일들에 무심했었다

몽환(夢幻)과 신음(呻吟)의 그림자는
어느 결에 사라졌지만
그렇게 붕 떠다니던 때가 가끔씩 떠오른다
지금, 그때의 그 외침들이
아름다운 절규가 되어 들려오는 것 같다.

폭염

짧은 장마 뒤에 찾아온 폭염이다
공원을 가로질러 강렬한 햇빛을 받으며 걷는다

땡볕 잔디밭에 일광욕하듯 무리 지어 있는
비둘기들 중 동떨어져서 돌아앉아 있는 비둘기를 보자
내 모습이 떠올랐다

일부러 자처하고 저러고 있는 걸까
심성이 유별나서 여럿에게 외면당해버린 걸까
가만히 혼자서 슬픔의 시간을 받아들이고 있는 것 같다
눈앞에 펼쳐진 광경을
그냥 바라보면서 잠깐 서 있었지만
생각은 제법 많이 들었다

나는 과연 참다운 인간성을 가지고
세상 속에서 온당하게 살아가고 있는가
산이 좋아, 음악이 좋아, 하면서 내 세계만을 만들며
세상과 사람들과 등지고 있는 것은 아닌가

폭염 속에 마주한 가여운 비둘기 때문일까

섬약한 나의 기질이 그렇게 끌고 간 것일까
잠시 우발적인 회개의 시간이 스쳐갔다

기독교에서 말하는 회개의 장소도
녹음 짙은 이집트가 아닌
폭염의 사막이 아니었던가
인간이 어떤 상황이나 대상으로부터
마주하게 되는 것 중에는
심층의 바닥을 휘젓는
강한 교감의 파동이 있나 보다

심심파적의 유희가 아닌
적나라한 성찰의 울림이며
뿌연 현기 증상이 아닌
명료한 자각 증상이라 믿고 싶다

덧없는 인생의 흐름 속에 던져진 자신을
추슬러보기 위한 몸부림일 거다

바라보이는 하늘과 산의 형세는 여전히 아름답다.

빗방울

두 손바닥 하늘 향해 활짝 펴고
빗방울을 받았다
몸으로 차가움이 번졌다
한참 동안 그렇게 서 있었다

무디기만 한 손바닥인 줄 알았는데
푸른빛 대나무처럼 싱그럽고 차가운
빗방울이 닿으니
온몸의 감각들이 구석구석 꿈틀댄다
소리 없이 행복감이 스며든다.

밤이 흐른다

밤이 흐른다
어둠보다 더 어두운 곳으로
까만 밤이 차갑게 흘러간다
보이지 않는 밤의 출렁임이 느껴진다

밤이 찔러놓은 자리에
허무들이 박힌다
여기저기 그 자국이 남는다
밤에 눌린 애교(愛嬌)와 활력들이 측은해 보인다

밤이 흐른다
늙은 여가수의 흐느낌 같은
밤의 소리가 어디선가 들려온다.

숲은 언제나 우리 곁에 있다

부박스러운 세월 속에서
그럭저럭 분별은 유지하려고
적당히 비우며 살아가고 있지만
생선가시 같은 것이 늘 가슴에 걸려 있는 것 같다

자유를 가슴에 안고
대기(大氣)를 타고 다니는
여행자처럼 살고 싶지만
뜻하지 않게 가끔씩
회보라빛 하늘 아래
한숨 한숨도 내뱉기 버거울 때가 있다

그렇지만, 숲속에선 마음 상할 일이 없다
든직한 푸른 숲
그 청림(靑林) 속으로 들어서면
바람결 사이에 몸이 끼어들면서

맑게 정제된 황홀감과
온몸을 훑어내리는 청량감에

흠씬 젖어들게 된다

무턱대고 가져보는 찰랑대는 희망에
스스로가 벅차올라
자신도 모르게 움찔거리게 된다

숲은 언제나 우리 곁에 있다.

슈퍼 블루문
— 2023.8.31

어느 날 문득 보게 되는
그저 둥근달이 아니라
떠오르기를 한참이나 기다려서 보게 된
휘황한 달이었다

영락없이 차가운 느낌을 받게 되는
얼음 같은 달이 아니라
볼수록 온기를 전해 받은
따뜻한 달이었다

바라보면 애달파지는
처연한 달이 아니라
볼수록 맑은 기운을 얻게 된
서기(瑞氣)로운 달이었다

조물주가 이런 달을 인간에게 내보였는데
숨겨둔 달 몇 개 더 보여준다면
인간 세상의 밤은 얼마나 환상적일까.

일상 속에서 걸러진 영원의 스펙트럼

송기한(대전대 국문과 교수)

1. 시간의 유한성

박영욱 시인이 『유년의 그리움』이라는 제목으로 두 번째 시집을 펴낸다. 첫 시집 『나무를 보면 올라가고 싶어진다』 이후 2년 만의 시집 간행이다. 그러나 실질적으로 계산해보면, 1년여 만의 일이다. 해가 바뀐 다음 곧바로 시집이 상재되고 있으니 기간이 상당히 축소된 까닭이다. 이런 면은 시에 대한 시인의 열정을 말해주는 것이라 할 수 있다.

비교적 길지 않은 간극에 놓여진 두 시집 사이에는 어떤 동일점과 차이점이 있는 것일까. 여기에는 구분되는 점도 있지만, 그렇지 않은 점도 분명 내재한다. 먼저 비슷한 점은 대략 두 가지 국면에서 그러하다. 하나는 자연을 여전히 중요한 시의 소재 가운데 하나로 차용하고 있다는 점이고, 다른 하나는 이를 매개로 존재의 불완전성을 초월하고자 하는 점이다. 그런데 여기서 중요한 것은 이런 유사성보다 그 변별점일 것이

119

다. 이는 시인의 정신 세계가 나아가는, 보다 정확하게는 그 발전이랄까 성숙과 관계된다는 점 때문이다.

우선, 이번 시집에서 가장 먼저 눈에 띄는 것은 산문적인 요소가 거의 발견되지 않는다는 사실이다. 시집을 꼼꼼히 읽어 보면, 알 수 있는 것처럼 대부분의 시들이 정제된 율문 형식으로 되어 있는 까닭이다. 산문이란 솔직성이고, 이런 면이야말로 시인의 의도랄까 전언을 전달하는 데 있어서 가장 효과적인 수단이 될 것이다. 뿐만 아니라 서정의 강도를 드러내고자 하는 시인의 열망을 표명하는 데 있어서도 강한 긍정적인 환기를 가져오게 만들기도 한다.

두 번째는 시의 소재가 자연 세계로부터 인간 세계로 한걸음 더 가까이 다가왔다는 점이다. 이를 생활 세계로의 유입이라 할 수 있는데, 실상 생활이란 자아의 현존과 분리하기 어렵게 결합되어 있는 영역이다. 그러니까 이번 시인의 시들은 생활 속으로 깊이 침투해 들어왔다는 것인데, 이 영역이란 곧 실존의 세계이다. 시인이 이번 시집에서 서정의 끊임없는 모험을 실존의 맥락에서 이해하고자 하는 것은 이런 이유 때문이라고 할 수 있다. 어쩌면 이에 대한 모색과 거기서 얻어지는 서정의 순간들이 서정적 자아로 하여금 산문의 영역으로부터 벗어나게 한 것인지도 모른다. 그러니까 산문이 갖고 있는 솔직성들이 자아의 현존으로 하여금 서정의 내밀한 부분으로 옮아오게 한 것이 아닐까 한다.

『유년의 그리움』에서 가장 빈번히 드러나는 소재 가운데 하나는 시간에 관한 것들이다. 인간이 시간으로부터 자유롭지 않다는 것, 다시 말해 시간의 노예가 될 수밖에 없는 것은 죽음 의식과 밀접한 관련을 맺고 있기 때문이다. 인간이 유한한 존재라고 하는 것은 영원하지 않은 시간 의식에서 오는 것인데, 그럼에도 유한한 시간성을 이해하고 이를 실존의 맥락으로 편입시키는 일은 쉽게 이루어지는 것이 아니다. 그것은 마치 공기를 호흡하는 것과 같이 습관처럼 받아들여지기 때문이다. 이는 서정적 자아에게도 마찬가지이다.

마감이 엄존하는 인생
그 엄청난 신랄함이
젊은 날엔 실감되지 않았다

허무 위에 또 쌓이는 허무의 단층들이
그 시절엔 보이질 않았다
우격다짐으로 보려 하지 않았다

검은 구름 뒤에 웅크리고 있는
무서운 폭우의 실체를
상상조차 하지 못했다

살아간다는 것은
시지푸스의 노동처럼
끊임없는 지상에서의 시련.

남은 시간 동안 삶 속에서
과연 무슨 의미를 찾을 것인가
멀거니 기다리기만 할 것인가
그저 한입 다물고

적막 속에 묻혀 지내야 할 것인가

저기,
지는 노을빛 속에는 분명
햇빛의 광채가 숨어 있으리라.
—「햇빛의 광채가 숨어 있으리라」전문

자동화된 시스템처럼 기계적으로 흘러가는 시간들은 경우에 따라 영원한 것으로 받아들여지기 쉽다. 시간이 정지되는 실존의 끝인 죽음은 저 멀리, 아주 멀리 떨어져 있는 것처럼 보이기 때문이다. 그래서 경우에 따라서 그것은 특정 존재에게는 무관한 것처럼 보이기도 한다. 이런 단면은 서정적 자아에게도 예외가 아니다. "마감이 엄존하는 인생"이, "그 엄청난 신랄함이/젊은 날엔 실감되지 않았기" 때문이다. 뿐만 아니라 그것이 가져올 "검은 구름 뒤에 웅크리고 있는/무서운 폭우의 실체를/상상조차 하지 못했"던 일이 환기되기도 한다. 죽음이라든가 한계를 인식하지 못한다는 것은 영원의 세계가 자아 내부에 자리한다는 뜻이기도 하고, 그런 감각에 물들어 있을 경우 서정적 자아에게 존재론적 한계 의식이란 결코 성립할 수 없을 것이다.

그러나 시간의 지속성과 그로부터 얻어지는 영원의 감각은 어느 한순간에 속절없이 무너지는 것이 일반적인 현상이다. 그런 인식은 어떤 계기에 의해서 만들어지게 되는데, 이를 형성케 하는 것 또한 시간 감각에서 비롯된다. 가령, 어느 한순간 다가오는 실존의 벽이라든가 정점으로 치닫는 나이의 축적

등등이 바로 그러하다.

이렇듯 이번 시집에서 시인의 시들이 형성되는 기본 의장 가운데 하나는 시간 감각이다. 이 시간 의식이 가져다주는 여러 스펙트럼들이 서정의 물결을 이루면서 한 권의 시집 모음으로 나온 것, 그것이 『유년의 그리움』이다. 작품의 제목 또한 그러한 시간 감각이 배음에 깔려 있지 않은가.

서정적 자아가 사유하는 시간 감각은 유한한 실존을 영위하는 모든 존재가 대부분 인지하는 것처럼 지극히 양면적인 것이다. 시간의 유한성이 가져오는 한계상황과 그로부터 존재의 초월이라든가 완성을 이루어 나가고자 하는 정서의 교직이 항상 공유되기 때문이다. 그래서 지상에서의 현존이란 "시지푸스의 노동처럼/끊임없는 지상에서의 시련"이기도 하고, "지는 노을빛 속에" 숨어 있는 "햇빛의 광채"를 찾으려는 이중적 상황에 놓이게 된다.

아직은, 내게 어김없이 다가오고 있는 시간들
도처에서 시간이 우쭐대며 활보한다

푸른 산 어딘가에서
바람난 새처럼 촐싹대며 왔다가
실심한 사람처럼 조용히 사라져버린다

하이데거는 관념으로
스티븐 호킹은 물리의 공식으로
그 기원과 흔적을 찾으려 했었지만
시간은 여전히 자신의 정체를 내보이지 않고 있다

지금 당장 파삭 깨뜨려 실체를 알아내고 싶다

언젠가, 내게 분 초만을 남겨놓겠지…
아! 이 시점에서 무얼 어떻게 해야 하나
지레 나자빠지는 체념인가
겸허하게 받아내는 포용인가

시간들이 내게서 휘적휘적 자꾸 멀어져만 간다
허무가 나를 어디 으슥한 데로 끌고 간다
다가올 슬픈 어느 날이 그려지니 가슴이 아릿해진다.
— 「내 앞의 시간」 전문

시간 속의 존재, 절대 한계 속에 놓인 존재인 서정적 자아가
할 수 있는 일이란 무엇일까. 우선 시간과 자아의 관계는 상호
보완적이거나 서로에 대해 이해하는 관계가 아니라 일방적인
관계로 구현된다. 그렇기에 시간은 자아가 어떻게 할 수 있는
대상이 아니다. 인용시의 제목이 지시하는 것처럼, 이 시간이
란 '내 앞에' 던져진 채 도사리고 있는 까닭이다. 마치 넘을 수
없는 벽처럼, 자아 앞에 굳건히 서 있는 것이다. 자아의 의지
와 무관하게 놓여 있는 것이어서 때로는 무례하기까지 하다.
그래서 이런 시간의 도전을, "이 본데없이 무례(無禮)한 도래(到
來)를/고스란히 받아들여야만 하는 건가"(「무례한 도래」)라는 회
의에 젖어드는 것은 당연한 수순이 아닐까 한다.
실존 너머에 있는 시간들이란 대부분 경험적인 것이 아니
다. 인간의 주관과 결합되어서 길어지거나 짧아지거나 하는
것이 아닌 까닭이다. 그것은 선험적이고 본래적인 것이어서

자아의 의지와는 무관하게 계속 다가오게 된다. 현존에 대한, 실존에 대한 자아의 고민이 시작되는 것도 이 부분에서이다. 인간의 현존을 위협하는 이 고리는 어떻게든 풀어내거나 합리적으로 수용되어야 한다. 그래야만 비로소 시간의 속박으로부터 벗어날 수 있는 것이 아닌가.

서정적 자아도 이에 대한 뚜렷한 인식을 가지고 있다. 그가 그 해법을 위해 '하이데거의 관념'에 기대거나, '스티븐 호킹의 물리 공식'에 의지해서 그 기원과 흔적을 찾으려 하는 까닭이다. 하지만 시간의 신비로운 모습은 그 자태를 명쾌하게 드러내지 않는다. 그래서 서정적 자아 역시 시간의 실체가 무엇인지 더욱 궁금해질 수밖에 없다. 그 결과 성채 속에 갇혀 있는 시간의 신비를 일순간에 알고 싶은 조급성을 갖게 되고, 그런 자의식으로 인해 "지금 당장 파삭 깨뜨려 실체를 알아내고 싶"은 욕망이 발현되기도 한다. 자아 앞에 놓인 시간이란 이렇듯 절대 지존의 위용을 갖추고, 자아를 계속 위협하고 있는 것이다.

2. 시간 속에 형성된 삶의 다양한 스펙트럼

인간이 시간 속에 놓여 있다는 것은 그것으로부터 자유롭지 않다는 것이고, 이는 또한 근대의 특성 가운데 하나인 일시적 감각과 분리하기 어려운 것이기도 하다. 인간이 종교라는 영원성, 혹은 자연이라는 영원성에 갇혀 있을 때에는 시간의 한계를 감각하기란 어려운 일이었다. 하지만 중세의 영원성이 사라지면서 인간은 비로소 스스로가 유한하다는 사실을 알게 되었고, 그 지점에서 새로운 영원을 찾기 위한 발걸음이 시작되었다.

영원하지 않다는 것은 곧 존재의 불완전성을 말하는 것이고, 인간은 이런 불구성으로부터 벗어나기 위해 다시 영원을 향한 순례의 길에 오르게 된다. 물론 영원하지 않다는 형이상학적 관념만으로 존재의 완전성을 찾아나서는 것은 아니다. 여기에는 현존에서 겪는 여러 경험들이 있어야 비로소 그 실천적 힘을 확보할 수 있기 때문이다.

일부러 시간의 더딤을 느껴보고 싶어서
그럴싸한 자리 두어 군데를
나무 우거진 숲속에 마련해두었다

여름비 내리던 날 오후
계곡 바닥의 돌들을
이렇게 저렇게 옮겨서
물살이 느린 시냇물로 만들었다

큰비 내린 후 그곳에 가서
한나절을 한 달이나 보내듯이
흔연한 기분으로 있었다

나무 밑 무른 바위 위에 누워
시리도록 파란 하늘을 올려다보며
마음에서는 시간이 더디 가게
한참 동안 그 흐름을 망각하며 있었다

지난날 추억들이 범람했다
무언가가 마음속 깊은 바닥을 긁어댔고
아아아 하는 내 탄식 소리도 들었던 것 같다

간혹 가까운 새소리도 들렸지만
아주 고요했다

어릴 적, 우연히 들어섰던
뒷마당의 은밀한 고요 같았고
오후에서 저녁으로 기울 때
어김없이 찾아드는 서늘한 고요 같았다

어느덧
해 질 녘 훈흑(曛黑)의 시간이 다가왔다

시간은 결코 더뎌지거나 멎지를 않나 보다
끊임없이 시간이 뿌려놓는
불가해한 얼룩과 앙금들.

그 속에서
나는 버둥거리며
부석부석 살아가고 있다.
　　　　　　　　　　　　　　—「무른 바위 위에 누워」 전문

　존재 너머의 세계에서 선험적으로 흘러가는 시간을 인간이
선택적으로 조정할 수 있는 문제는 아니다. 그럼에도 자아의
개입 없이 흐르는 객관적 시간을 주관화하고 싶은 생각을 떨

쳐버릴 수 없는 것이 인지상정일 것이다. 그래서 서정적 자아는 이렇게 무심한 시간을 잠시나마 붙들어두고 싶은 욕망을 갖게 되는데, 스스로가 "일부러 시간의 더딤을 느껴보고 싶"은 충동에 사로잡히는 것은 이런 이유 때문이다. 시간을 전취해서 이를 자아화하고픈 자아의 욕망을 생물학적 삶의 연장을 위한 충동으로 이해하는 것은 어불성설이다. 만약 그럴 욕망이 있다면, 이는 신의 영역에 기투해서 세속의 영역을 벗어나는 것이 더 빠른 지름길이 될 수 있기 때문이다.

신의 시간이 아니라 자아에게 남겨진 시간들은 실존과 분리하기 어렵게 결부되어 있을 뿐만 아니라 궁극에는 존재론적인 문제에까지 닿아 있는 것이기도 하다. 이는 현존의 난해함과 존재의 불구성과 분리하기 어려운 것인데, 실상「무른 바위 위에 누워」에서의 서정적 자아도 이를 부정하지 않는다.

서정적 자아는 시간을 붙들어매려는 강한 충동에 사로잡혀 있다. 이는 생존의 욕구가 강렬해서도 아니고 실존적 삶의 즐거운 쾌락이나 행복을 위해서도 아니다. 인간이라면 결코 피해갈 수 없는 것들을 긍정적인 것으로 전화시켜서 존재의 영원성을 성취해내기 위해서일 뿐이다. 하지만 시간을 정지시키고자 하는 과정이란 결코 녹록한 일이 아니다. "시간은 결코 더뎌지거나 멎지를 않나 보다"라는 서정적 자아의 탄식이 이를 잘 말해준다. 그렇다면, 이런 탄식이란 왜 생겨나는 것일까. 그것은 "끊임없이 시간이 뿌려놓는/불가해한 얼룩과 앙금들"에 그 원인이 있다. 시간이 흘러간다는 것은 현존을 영위해나간다는 뜻이고, 이러한 과정들은 관계들 사이에서 형성될 수밖에 없는, 어쩔 수 없는 인간의 한계가 가져오는 결과들일

것이다. "그 속에서/나는 버둥거리며/부석부석 살아가"는 것,
그것이 인간의 실존인 것이다.

　　　　가까운 이에게서 뿜어져 나오는 진한 친밀감
　　　　묵직한 여운을 남기고 사라지는 더블베이스 선율
　　　　책장을 넘기기가 아까운 명징(明澄)한 글귀들

　　　　깊은 숲 바위틈에서 솟아 나오는 차가운 샘물
　　　　목젖을 비벼대는 산새들의 절묘한 울음소리
　　　　얼굴에 살며시 닿아지는 달콤한 산바람

　　　　이 모든 것에서 뭉클한 감흥을 얻거나
　　　　짜릿한 희열을 맛보지만

　　　　함께 묻어온 행복이나 평화가
　　　　너무 쉽게 증발하거나 오그라들면서
　　　　가슴 바닥에는
　　　　공허함과 무력감만이 남기도 한다

　　　　찰나의 시간 속에도 웅크리고 있는
　　　　실체를 알 수 없는 사념(思念)의 덩어리들
　　　　무뎌져가는 경이로움에 대한 감각들
　　　　쉽사리 사라지지 않는 지난날의 회한들
　　　　다가올 어느 날에 대한 피할 수 없는 두려움

　　　　미망의 울타리 속에 내가 갇힌다.
　　　　　　　　　　　　　　　　— 「미망의 울타리」 전문

『유년의 그리움』의 특징적 단면은 생활 속에서 길어 올려진 시편들이라는 점이다. 그러한 까닭에 그의 시들은 구체성이 있고, 또 현실감이 강하게 묻어난다. 시인의 시들이 이전의 시집에 비해서 관념의 영역으로부터 멀리 벗어나 있는 것은 이런 이유 때문이다.「미망의 울타리」도 자아 주변의 생활들이 만들어낸 시편인데, 우선 작품을 지배하는 생활 정서들은 익숙함이라든가 친숙함 등등이다. 이 감각은 지금 여기의 일상뿐만 아니라 그 너머의 환경에서 만들어지기도 한다. 가령, 가까운 이에게서 얻어지는 친밀감이라든가 즐겨 보는 책들, 그리고 깊은 숲 바위틈에서 솟아 나오는 차가운 샘물이나 산새들의 울음소리 등등이 그러하다.

만약 자아 주변을 감싸고 있는 이런 환경적 요인들이 절대적인 것으로 남아 있게 되면, 실존에 대한 위기 의식이라든가 존재의 불구성에 대한 불안 의식은 결코 생겨나지 않았을 것이다. 하지만 현실은 그렇지 못했는데, "함께 묻어온 행복이나 평화가/너무 쉽게 증발하거나 오그라들면서/가슴 바닥에는/공허함과 무력감만이 남"아 있는 까닭이다. 긍정적 가치를 항구적인 것들로 나아가지 못하게 하는 것도 시간 의식이다. 실상 이런 의식이란 자아 내부의 것, 곧 주관적 시간 의식이 만들어낸 결과일 것이다.

선험적으로 흘러가는 시간의 무례한 도전과, 그러한 시간을 자기화하지 못하는 것, 그리고 그 불구화된 시간 의식이 만들어내는 실존의 혼돈이야말로 자아를 미망이라는 검은 울타리에 갇히게 하는 요인들 가운데 하나였다. 이를 미망의 울타리로 불렀거니와 그러한 미망들은 다음과 같은 것들이다. "찰나의 시간 속에도 웅크리고 있는/실체를 알 수 없는 사념의 덩어리들", "무뎌져가는 경이로움에 대한 감각들", "쉽사리 사라지지 않는 지난날의 회한들", "다가올 어느 날에 대한 피할 수 없는 두려움" 등등이 바로 그러하다. 이런 것들이 자아를 가두는 울타리이며, 시간의 속박으로부터 벗어나지 않는 한, 이런 울타리로부터 자아가 스스로 초월하는 일은 불가능할 것이다.

3. 자연이라는 영원

현실의 불온성이나 존재의 불구성을 이해하는 자아가 이로부터 벗어날 수 있는 출구를 잃어버릴 때 느낄 수 있는 정서에는 어떠한 것이 있을까. 가령, 1930년대 이상의 경우처럼 팽창된 시간에 갇힌 권태로운 자아가 될 것인가. 아니면 소월처럼 무언가 신선한 감각을 찾아내고 이를 자아화하기 위한 열정적인 탐구자가 될 것인가.

박영욱 시들은 현대적 감수성을 서정화하는 모더니즘으로부터 한 걸음 비껴서 있고, 지금의 일상을 탈출하기 위한 낭만적 동경의 세계와도 무관한 경우이다. 물론 어느 특정 시인의 작품을 두고 하나의 주류적 경향이라고 계열화해서 말하는 것은 어려운 일이고, 또 그 반대의 경우도 마찬가지이다. 어떤 것이든 한 시인의 작품에서 전부를 배제하거나 일부의 요소를 간취해내는 일이란 불가능하기 때문이다.

그럼에도 어느 뚜렷한 사조에 기대지 않고도 박영욱 시인의 작품에서 이런 의미 있는 요소들이 발견되는 것은 분명 예사로운 일이 아니다. 시인의 작품에서 이상의 시에서처럼 극

렬한 자의식과 그와 관련된 권태의 요소를 발견하는 것은 어려운 일이지만, 그러나 이로부터 완전히 자유로운 것도 아니다. 그 한 예가 되는 작품이 바로 「권태」이다. 이 작품에서 자아는 의미 있는, 그러나 다른 한편으로는 의미 없는 사소한 질문을 던지고 답을 끊임없이 얻어내고자 한다. 왜 이런 질문과 응답의 형식을 취하는 것일까. 시인의 표현대로, 그러한 행위는 "아! 삶이 권태로워서 그래봤어요"라는 답에서 찾아진다. 권태란 지겨움의 정서적 표현이지만, 나아갈 방향이 명확하게 제시되지 않을 때, 그래서 현재의 시간 의식에 갇힐 때 흔히 일어난다. 그러니까 '미망의 울타리'에 갇혀 있는 자아가 출구를 찾지 못할 때 일어나는 자의식적 유폐 행위인 셈이다. 시인의 작품 세계에서 이런 권태의 감각이 존재한다고 해서 그의 작품을 섣불리 모더니즘의 영역에 한정시키는 것은 옳지 않은 일이다.

두 번째는 권태의 정서와 달리, 감각을 향한 시인의 가열찬 욕망이다. 시인은 이번 시집의 서문에서 자신이 시를 써야 할 의무랄까 당위에 대해 이렇게 말한 바 있다. "나태함이나 안일함을 유지하려고/호기심이나 마음의 불꽃을 외면하고 싶지 않다"고 말이다. 여기서 '나태함'이라든가 '안일함'이란 무딘 감각을 말하는 것이다. 이런 감각을 통해서 실존의 난해함과 존재의 불구성을 일깨우고, 이를 초월하고자 하는 것은 불가능하다. '마음의 불꽃'을 향한 과감한 도전이나 정열이 그의 시쓰기의 커다란 축 가운데 하나가 되는 셈인데, 실제로 이런 열정이 가능하기 위해서는 실존의 한계를 극복하기 위한 '마음의 불꽃'이 가열차게 타올라야 한다.

132

두 손바닥 하늘 향해 활짝 펴고
빗방울을 받았다
몸으로 차가움이 번졌다
한참 동안 그렇게 서 있었다

무디기만 한 손바닥인 줄 알았는데
푸른빛 대나무처럼 싱그럽고 차가운
빗방울이 닿으니
온몸의 감각들이 구석구석 꿈틀댄다
소리 없이 행복감이 스며든다.

— 「빗방울」 전문

    소월은 자신의 무딘 감각, 죽어 있는 감각을 냄새의 이미저리를 통해서 회복하고자 했다(「여자의 냄새」). 그런데 이런 감각을 통해서 현존의 어려움과 살아 있음의 감각을 일깨우고자 하는 것은 박영욱 시인에게도 동일하게 일어난다. 「빗방울」에서 이를 매개하는 감각이랄까 소재가 바로 '비'이다.

    서정적 자아는 여기서 "두 손바닥 하늘 향해 활짝 펴고/빗방울 받았다"고 했거니와 이런 적극성과 과감성이 무딘 감각을 일깨우는 주된 의장으로 기능한다. 그만큼 시간이라는 어두운 장막 속에 갇혀 있는 자아를 일깨우기 위한 시인의 의도는 매우 격정적인 것이었다 할 수 있다. 빗방울이라는 이 차가운 감각이 일으키는 반향은 시인이 기대했던 것 이상으로 큰 것이었다. 이런 환기 효과를 시인 또한 부정하지 않는데, "무디기만 한 손바닥인 줄 알았는데/푸른빛 대나무처럼 싱그럽고 차가운/빗방울이 닿으니/온몸의 감각들이 구석구석 꿈틀댄다"고

했기 때문이다. 손바닥에서 시작된 감각들이 온몸으로 부챗살처럼 퍼져 나가는 놀라운 효과가 환기되고 있는 것이다. 그리고 그러한 감각을 더욱 배가시켜주는 것이 '푸른빛 대나무'이다. 이처럼 시인은 차가움이라는 촉각적 이미지, 푸른과 같은 색채적 이미지를 통해서 자아의 무딘 감각에 생명의 활력을 불어넣고 있는 것이다.

「빗방울」은 단순한 듯하면서도 결코 그렇지가 않은 시이다. 여기서 비는 일상 속의 소소한 사물일 수도 있지만 분명 그 너머의 형이상학적인 음역들과도 깊게 연결되어 있다는 점에서 의미가 있는 경우이다. 다시 말하면, 비는 일상의 한 현상이면서 자연이라는 질서, 이법을 대변하는 것이기도 하다.

자연은 시간 구성상 영원의 의미를 담아내고 있다. 하루의 반복이나 계절의 반복이라는 측면에서 보면 자연의 시간은 원에 해당되고 그러한 원의 시간이 영원의 시간을 가리키는 것은 지극히 당연한 것이기 때문이다. 서정적 자아가 스스로의 정서를 분열되고 파편화되었다고 사유하는 것은 영원의 감각을 상실했기에 그러한 것이다. 그렇기에 그 잃어버린 영원의 세계로 회귀하기 위해서는 다시 이 감각을 회복해야 한다. 이런 맥락에서 보면, 시인이 자연이라는 영원의 세계를 자신의 시가 나아갈 궁극적 방향의 한 의장으로 도입한 것은 당연한 수순이었다고 하겠다.

> 불현듯 산의 모든 것이 왈칵하고 사무쳐서
> 튀듯이 집을 나와 산으로 향했다
> 검은 숲 이곳저곳을 허둥대며 돌아다녔다

눈을 크게 뜨고 호흡도 크게 하며 헤치고 다녔다
희미한 달빛 아래지만
주위를 휙휙 날아다니는 '자유'가 눈에 턱턱 들어왔다
나무 사이사이로 흐르는 '자유'를 게걸스럽게 마셔댔다

고만고만한 근심거리를 한꺼번에 산에 다 팽개쳤다
산은 군말 없이 받아주는 것 같았다
유난한 산책이었다.

―「유난한 산책」 전문

　제목에서 드러나 있는 바와 같이 이 작품을 이끌어가는 핵심 서사는 산책이다. 산책이란 한가한 산보가 아니거니와 그것이 갖는 근대적 의미란 결코 예사로운 것이 아니다. 그것은 현대성을 탐구하는 학문, 곧 고현학(考現學)과 연결되어 있는데, 무엇인가를 알기 위해서는 계속 돌아다녀야 하는 것, 그리고 그 과정을 통해서 현대적인 것들의 단면을 이해하는 과정이 내포되어 있기 때문이다. 시인의 작품이 모더니즘의 정신과 기법과는 거리가 있는 것이라 했지만, 실상, 이런 산책자의 행보 비슷한 산책이 박영욱 시인의 작품 세계에서 갖는 의미 또한 고현학의 그것과 결코 다를 것이 없다는 점에서 그 의의가 있는 경우이다.

　시인의 작품 세계에서 산책이란 자아의 파편화된 단면을 치유해주는 매개를 찾기 위한 발걸음이다. 현대적 요인들의 여러 국면을 이해하는 고현학과 대비해서 그의 시들은 정신의 불구성을 치유해주는 여러 국면들에 대한 지속적인 탐색인 까닭이다. 시인은 자신의 산책을 '유난한 산책'이라고 했거니와 여기서 '유난하다는 것'은 '유별나다는 뜻'일 것이다. 이를 달리 말하면 '다양하다는 뜻'으로 이해하면 어떨까. 그것은 자아 속에 감각되는 '자유'의 여러 층위들과 연결되어 있기 때문이다. 서정적 자아가 느끼는 자유란 적어도 숲의 여러 자연이 주는 다층적인 자유의 감각일 것이다.

산에서는
올려다보이는 큰 바위든
묘하게 뻗은 나뭇가지든
잠시 쉬는 새든

아무 곳이건
시선을 두고 바라보고 있으면
더위에 오이 자라듯
내 안에서 기쁨이 자란다.
— 「산에서는」 전문

시인이 시도하는 '유난한 산책'은 이 작품에서도 예외가 아니다. 여러 다양한 사물을 통해서 얻어지는 자유랄까 기쁨의 감각이란 결코 하나의 지점에서 솟아오르는 것이 아니기 때문이다. 이 작품에서 서정적 자아에게 기쁨을 주는 요소란 산이라는 거대 자연이지만, 그 내면을 면밀히 들여다보게 되면, 여러 층위들이 겹쳐져서 자아에게 신선한 감각을 불러일으키게 하는 것임을 알게 된다. 가령, '바위'라든가 '나뭇가지', '새' 등등이 그 층위들을 구성하고 있기 때문이다.

기쁨이란 현재의 정서나 시간 의식에 충실한 감각이다. 시간 구성상으로 보면, 현재 의식으로의 몰입이라 할 수 있는데, 이런 정서에 어떤 위계 감각이라든가 층위가 나누어지는 것은 불가능하다. 그러한 까닭에 파편화되고 불구화된 정서가 성립되는 것도 어려운 일이다. 산이라는 영원성, 자연이 주는 항구성 속에서 시인은 이렇듯 기쁨이라는 자의식적 해방감에 젖어들게 된다. 이 감각이란 결코 불구화된 것이 아님을 이해하게 되면, 시인이 지향하는 정서의 귀결점이 어떤 것인가를 알게 된다.

4. 생활 속에서 걸러진 영원들

원의 구현으로 표상되는 자연이 순환적 시간, 곧 영원이라면 일상에서도 이와 견줄 만한 시간 의식 또한 분명히 존재한다고 할 수 있다. 과거의 시간들, 특히 유년의 시간들이 있는 까닭이다. 이 시간들은 언제나 서정적 자아에게 생생하게 회상되는 기제들 가운데 하나이다. 이른바 그리움의 정서들을 동반하는 시간 의식이 그러한데, 유년의 시간들이 영원의 감각과 연결되는 지점은 두 가지이다. 하나는 유년의 시공간이 갖는 합일의 세계이다. 이를 파편화된 감각이라든가 불구화된 정서와 연결시키는 것은 불가능한 일이다. 이때의 시간들이란 깨어지지 않는, 순백한 시간들이기 때문이다. 그리고 다른 하나는 프로이트나 라캉식의 관점에서 본 동일성의 세계이다. 무의식이 억압의 기제로 작용하기 이전, 상징계로 편입되기 이전의 상상계야말로 전일적 동일성의 세계이기 때문이다.

이러한 시간성을 갖고 있는 것이기에 유년의 시간들, 곧 그

때의 아름다운 추억이나 낭만적 세계들은 완결성을 갖고 있다. 완결성이란 파편성의 대항 담론이 되는 것이기에 현재의 불구성이나 존재론적 완성을 갈망하는 주체들에게는 얼마든지 치유의 기제로 작용하게 된다. 그러니까 유년의 시간으로 되돌아가는 것, 그 전일적 세계를 회상하는 것만으로도 회복의 시간 내지는 치유의 시간이 되는 것이다.

박영욱 시인이 이번 시집에서 전략적으로 접근하고 있는 시의 소재들은 이 유년의 시간에서 만들어진다. 시집의 제목이 『유년의 그리움』이거니와 시인이 이 세계에 대한 발견, 그리고 이를 현재의 파편화된 정서를 치유하는 도정으로 사유하는 것이야말로 이번 시집이 갖는 의의라는 점에서 주목을 요한다. 이는 첫 시집 『나무를 보면 올라가고 싶어진다』가 자연을 통해서 존재에 대한 물음을 던지고 이로부터 인식적 완결의 세계로 나아간 것과는 사뭇 다른 지점이라 할 수 있다. 시인의 시선은 이제 자연으로부터 내려와 생활 속으로 깊이 들어와 있는 것이다. 그런 생활 감각이 만들어낸 것이 유년의 기억이라든가 과거의 아름다운 추억에 대한 서정적 환기이다.

장독대 옆에서 까마중 따먹으며
땅강아지와 밀어내기 하면서 놀았고
언덕 너머 풀밭에선 하얀 풀뿌리 씹으며
메뚜기와 잠자리들 따라 뛰어 놀았다

심심할 땐 곧잘 우물가로 가서
넘어갈 듯 고개 숙여 우물 안을 들여다보곤 했다
우물 안에는 흰 구름이 떠다녔고

우물 주변엔
노란 수세미꽃이 예쁘게 피어 있었다

말간 햇살과 맑은 공기에 취한 새들처럼
그 시절엔 덮어놓고 집 밖으로 나와
온종일 자연 속에서 지낸 것 같다

언제나 평화의 강물이 내 곁에서 흘렀고
기쁨의 물결은 쉼 없이 넘실거렸다

도회지 새가 모처럼
녹음의 숲으로 날아들 때 맛보는 기쁨도
이만하지는 않았으리라

조용히 바람이 불어온다
저녁 바람에는 그리움이 묻어 있다.
　　　　　　—「저녁 바람에는 그리움이 묻어 있다」 전문

　지금 서정적 자아의 정서를 살뜰하게 자극하는 것은 '저녁
바람'이다. 이 감각이 촉각적이기에 더욱 실감 있게 다가오는
데, 그러한 실감 속에 감춰진 것이 유년의 추억이다. 그러니까
이 추억은 단순히 아름답다가 아니라 지금 여기에서 생동감
있게 살아 있는 어떤 것으로 구현되는데, 그러한 정서를 가능
케 해주는 것이 '바람' 속에 묻어 온 유년의 시간들이다.
　이 작품에는 과거의 아련한 추억들이 한 편의 영화나 그림
처럼 아름답게 펼쳐져 있다. 물론 이 장면에는 어떠한 욕망이
나 갈등이 들어가 있지 않을 뿐만 아니라 인간 위주의 세계,

곧 근대적 이원론의 세계로부터도 한참 벗어나 있다. 모든 것이 하나의 전일체가 되어 조화롭고 평화로운 세계로 구현되어 있다. 인간과 동물이 하나이고, 그들이 한데 어울려 축제의 한마당을 이루고 있는 것이다. 이런 화합이나 조화의 세계에 인간 우선주의와 근대적 욕망의 세계가 들어갈 여지가 전혀 없다. 파편화되고 불구화된 현존의 자아로서는 거의 상상하기 어려운 유토피아가 작품 속에 펼쳐져 있는 것이다.

서정적 자아가 이런 세계를 회상하고 담론화하는 것은 그저 과거의 추억이 아름답기에 한번쯤 그리고 간헐적으로 회상하는 행위에 머물러 있는 것이 아니다. 분열되고 파편화된 근대인의 한계, 그리고 존재론적 불구성에 대한 대항 담론의 필요성 때문에 그러한 것이다. 그러니까 유년의 시간들은 조화를 향한 치유의 정서로 기능하게 되는 것이다.

유년의 그리움은
서걱거릴 때마다 한 움큼씩 덜어내거나
주저앉히고 싶은 그런 것이 아니다

스르륵 스며드는 비감(悲感)으로
아른대는 미련에 젖게 되는 그런 것도 아니다

유년의 그리움은
쓸쓸해지거나 갈수록 멀어지지 않고
꺼내보면 볼수록 다가오는 그런 것이다

자욱했다가 이내 사라져버리는 새벽안개 같지 않고

언제나 깊은 품 안에 간직되는 그런 것이다

유년의 그리움은
가슴에 살가움이 얹혀지고
사르륵 온기가 퍼져서
마음껏 그리워하는 것이 더 나을 것 같은 그런 것이다.
　　　　　　　　　　　　　　　—「유년의 그리움」 전문

　이 작품은 이번 시집의 제목이 된 시이다. 그만큼 상징성이
큰 경우인데, 시집을 꼼꼼히 읽게 되면, 시인이 인용시를 시집
의 제목으로 붙인 이유를 알게 된다. 유년의 시간이 일회성으
로 떠오른 시간이 아니라고 했는데, 시인 또한 이 부분에 대해
애써 강조하고 있다. "유년의 그리움은/서걱거릴 때마다 한 움
큼씩 덜어내거나/주저앉히고 싶은 그런 것이 아니다"라고 했
기 때문이다. 뿐만 아니라 "스르륵 스며드는 비감(悲感)으로/아
른대는 미련에 젖게 되는 그런 것도 아니"라고까지 한다. 말하
자면 순간의 감각과 같은 일회성으로 자아에게 환기되거나 회
감되는 것이 아니라는 뜻이다.
　이런 특성을 갖고 있는 것이기에 유년의 시간이란 항상적이
고 영원한 것이 된다. 시인의 표현대로 "언제나 깊은 품 안에
간직되는 그런 것"인데, 이에 기대게 되면, 그것은 순동시적으
로 살아 있는 영원한 어떤 것과 동일한 것이라 할 수 있다. 어
떤 자아의 심연에 항상적으로 살아 있는 것이기에 그것은 자
아가 나아가야 할 지침이나 거멀못 비슷한 구실을 하게 된다.
그것이 회복이라든가 치유의 매개이다. 현재의 파편화된 감

각, 분열된 정서를 치유하고 회복시켜주는 것은 항상적이고 영원한 것이 가장 좋은 수단이기 때문이다.

5. 『유년의 그리움』의 시간성이 갖는 의미

박영욱의 『유년의 그리움』은 시간의 감각이 만들어낸 시집이다. 인간이 존재론적 불안에 사로잡히게 되는 가장 결정적인 준거틀 가운데 하나가 이른바 죽음이라는 한계 의식이다. 그러한 한계의 저변에 놓여 있는 것이 시간이다. 그것이 인간으로 하여금 파편화된 정서, 불구화된 감각으로 만들거니와 모든 인간에게 다가오는 존재론적 불안은 이와 밀접한 관련을 갖고 있다.

존재론적 불안이란 근원적인 것이어서 욕망에 억압된 사람이나 죽음이라는 한계 의식에 갇힌 사람들에게, 궁극에는 모든 인간에게 기능적으로 작용하는 의식이다. 그러한 까닭에 그 대항 담론으로 언제나 제시되고 있는 것이 영원의 정서이다. 이 정서를 가장 잘 대변하고 있는 것이 자연이거니와 자연은 우리의 일상에서 흔히 간취할 수 있는 소재들이라는 특징적 단면을 갖고 있다. 한국 시사에서 자연이 서정시의 주된 소재 가운데 하나로 자리한 것도 이 때문이고, 박영욱 시인이 초기 시에서 주목한 것도 이 부분이었다.

박영욱 시인이 이번 시집에서 보여준 시선의 이동, 시점의 변화는 자연보다는 일상에서 비롯되고 있다. 그래서 막연히 기투하고자 했던 자연이 아니라 현재의 파편화된 정서를 통해서 탐구되는 자연이라는 특징적인 단면을 보여주었다. 그리고 그 저변에 놓인 것이 일상이라는 견고한 틀이었고, 이를 지배하고 있었던 것이 죽음이라는 한계 상황이었다. 죽음이라는 상황은 한계 시간 의식과 분리하기 어려운, 절대적인 지대이다. 이번 시집에서 시인이 주로 관심을 표명한 부분이 바로 이 시간과 관련된 담론들이었다. 한계 상황이 가져오는 파편화된 시간을 영원의 시간, 곧 회복의 시간으로 서정화하는 것, 그것이 이번 시집의 전략적 주제였다고 할 수 있다.

유년의 그리움

박영욱 시집